문학과지성 시인선 242

그늘 반근

김영태 시집

문학과지성 시인선 242
그늘 반근

초판발행 / 2000년 5월 4일
2쇄발행 / 2000년 12월 18일

지은이 / 김영태
펴낸이 / 채호기
펴낸곳 / ㈜**문학과지성사**
등록번호 / 제10-918호(1993.12.16)

서울 마포구 서교동 363-12호 무원빌딩(121-838)
편집: 338)7224~5 FAX 323)4180
영업: 338)7222~3 FAX 338)7221
홈페이지/ www.moonji.com

ⓒ 김영태, 2000. Printed in Seoul, Korea
ISBN 89-320-1158-3

값 5,000원

문학과지성 시인선 242

그늘 반근

김영태

2000

시인의 말

「그늘 반근」이라는 제목은 내 나이에 어
울린다는 생각이 든다. 「그늘 반근」은 1993
년 무대에 오른 적도 있다. 국립발레단 주
역이었던 한금련(평론가 김진석 부인) 개인
발표 무대였다. 「마담 라모르」 외 세 작품에
홍승엽이 파트너로 출연했다.
    되돌아보면 그늘과 나는 인연이 깊다.
    그게 내 모습이기도 하니까⋯⋯

2000년 봄
金榮泰

그늘 반근

차례

▨ 시인의 말

제1부

그늘

　나는 그의 그늘에 가서 그가 나를 멀리한 이후의 그
늘 안의 그늘로 남아 있었습니다 그의 살 속에 *遮陽*을
매달고 6년 동안 촛불을 켜놓고 살던 것도 지금은 희
미해진 그의 몸 지도 위 나 쉬어가던 곳도 그늘에 묻
히고 말았습니다 지팡이 짚고 모자 쓰고 넉넉한 옷 가
을 같은 옷 입고 지도도 필요 없이

　가끔, 아주 가끔 나 살던 집을 찾아갔었는데

이상한 오리 빽빽이

강화도에 갔었을 때
오리를 사러 온 장사꾼을 보면
오리들이 눈치채고 기겁을 해 도망가던 장면을 보
았다
필사의 탈출이었는데
개와 싸워 이긴 오리도 있었다
(통쾌했다 내가 힘없는 오리여서일까)
이상한 오리, 그 이름은 빽빽이
빽빽이는 제 몸 두 배나 되는
개와 싸울 때 이빨에 물렸지만
기죽지 않았다
신통방통했다
결연했지, 개와 싸우는 임전 태세가
(세상은 요즘 우습게 돌아가고 있지만)
오늘 조간 신문 만화란에
(3김 중 한 사람은 오징어처럼 납작 눌려
한 사람은 가시방석에서 튀어올라
대통령은 뉴질랜드 마오리족과 코인사중)
세상이 우습게 돌아가고
있지만 개와 싸워 이긴 오리여

이것 눈물날 일 아닌가
막혔던 가슴 통풍이 되는 것 같아

빈자리 1

환갑 지나
인간을 하나씩 버리고 있다
(우송된 옛 친구
환갑맞이 시선집 받다)
뜯들여 내가 그린 표지 얼굴
인간을 사귀다가 모든 걸 버리는
그 빈자리에

.

빈자리 2

내년 봄에
상명볼쇼이발레학교가 문을 연다
40여 년 수집한 자료들이 비치되는
춤 자료관이 생긴다
버리지 않았더니
(인간도 버리는 늘그막에)
金宗三이 세운 시인학교 옆에
레바논 골짜기가 아닌 세검정에

빈자리 3

혜화동 로터리 근처에서
늘 어슬렁거리는
조끼 입은 奇人을 만나신 적 있는지요?
그 기인의 머릿속은
춤으로 가득 찼기 때문에 편안합니다
머리가 무슨 야심인가
출세욕인가 그런 것과 무관했습니다
머리는 텅텅 비었다는 것뿐
기인이 없어졌을 때(이 세상에서)
빈자리에 남은 향기 아니겠어요?

아무도 그 자리에
들어갈 수도 나올 수도 없었던
평생 그늘 같은 게 아니겠어요

빈자리 6

온몸에 朱칠한 홍동지가
관객을 향해 오줌 깔기는 연희가
꼭두각시 놀이인데
거기 나 같은 사람이 하나
나온다 表生員이다
표생원은
절[寺]을 짓다 허물다 하는
그 난장판에 끼여 있다
멀쩡한 절을
왜 허무냐?
절 헐릴 때
지붕을 뒤집어보니
종이 기와가
꽃이 아니더냐

세월에 절은 빈자리가

빈자리 7

그러고 보니
에릭 사티 같은 사람이
겨드랑이까지 올라오는
긴 장갑을 끼고
만든 음악이

빈자리……

빈자리 8

표생원은 네가 해라
나는 덜머리집 역을 맡을 테니
미얄할미는 (천방지축)
뉴저지 어디
립스틱을 칠하고 있다
여류 작가 백인전에
추락하는 천사 백한 명을 공중에 매달고 사라졌다

나이도 저문 늘그막에

빈자리 9

시력도 떨어졌는데
몸 구석구석
비어 있는 걸 탐한다
눈 내리는 것을 그냥 두어야지
가릴 게 없는 네 몸이 눈덩이니까
제자리에 두어야지
발자국을 남겨 쓰겠느냐

빈자리 10

인간도 버리고
청담동에 가서 산
아르마니 모자 주머니에 쑤셔넣는다
버릴 건 버려야
이게 마지막 시집인가
아닌가 철들자
혼비백산하는 오리들
틈에 끼여 백수건달로 살았으니

굳은살
——수미에게

處女로 이 세상에 와서
굳은살이 되었어요
사람들이 내 살을 퍼가데요
만신창이가 될 즈음
새로 살이 돋아나데요
한 老人이 와서
내 살을 만져보데요
(눈으로 만지면서)
이 분홍색은
눈에 넣어도 아프지 않다고……
이 세상에 다시
태어나고 있는
나는 누구이겠어요?

너무 많이 울어버린 여인
——안네 소피 무터에게

왜 그런지 안네가 입고 나온 검은 연주복은 울음이었다 나는 이런 말을 기억하고 있다 '느낌과 기억 사이, 빠름과 망각 사이……' 안네가 연주한 죽음에 대한 曲들은 가슴과 어깨가 노출된 젊음이 喪章을 대신해서 絃이 울고 있었다 너무 많이 울고 있구나 안네는……

싱크대 앞 뒤통수

움직이는 뒤통수가 보기 좋은 것은
일하고 있는 현장이니까
먹을 것을 만들거나
찻잔을 씻거나 뒤통수에 와서 머무른
접착제가 네 눈이라는 것도
몸을 열고 싶은 마음까지

비바람

　자동차 와이퍼가 소용없을 만큼 빗줄기가 퍼붓는다
「이너 무브」 6인무는 세 개의 선로 위에서 남자 여자
가 만나고 제 살을 아낌없이 덜어주고 그러다가 여자
는 남자를 버린다 바보스러움 때문에 처음 나를 가졌
던 네가 요즈음 나를 버리려고 그러지, (집에 다녀간
것을 알았어 기다리지 않고 빗줄기 속으로 가버렸구
나) 기다리지 않은 것에 나는 화를 냈지 지금은 어쩔
수 없듯이 기다릴 수 없었다고 너는 역정을 냈지만 나
를 버리려고 한 네가 방향을 다시 바꾼 것도 나는 알
아, 내 바보스러움을 방치해선 안 되겠다는 목마름 그
게 우리 사랑이란 것도 운명이란 것도

아주 옛날에

네가 없으니
춥다
(소지품들을 봉투에 담는다)
조막손이 쉬고 가던
유방도 담는다
어머니보다 거기
따뜻한 품이 있었다
아주 옛날에……

문예회관 대극장 가열 123번

눈이 오나 비가 오나
저는 춤 보러 가서
극장 맨 왼쪽 통로에 있는 자리
가열 123번에 앉아 있습니다

춤 공연이 있는 날
그 자리가 비어 있으면
누구든 고개를 갸우뚱할 것입니다
—춤 보러 오는 늙은이가 결근했나보다고
보통 저녁나절
저를 만나시려면 그 자리에 오시면 됩니다
30년 넘게 저는
그 자리에 앉아 있으니까요
보는 것도 業이지요
제가 보이지 않는 날
나의 누이들 중 누구 하나가
꽃다발을 그 자리에
놓고 가는 게 보이는군요
말없이 그가
세상 뜬 저녁에

말뚝벙거지

머리가 빠지면서
모자를 쓰고 다닌다
(1887년에 볼사리노 모자집이
문을 열었다 성업 중이다)
19세기에는 말뚝벙거지가 유행이었다
김홍도 패션에는
저고리 길이가 짧아지고 있다
소담한 유방이
고개를 내민다
카디건을 허리춤에 두르고 다니는
요즘 젊은이들 패션 감각도
그때 이미 선보였다
김병종 닥종이 위에 구석에 있는
짝새 한 마리 눈길을 끈다
짝새 머리는 숱 없는 대신
벙거지를 올려놓았다
제 몸에 맞아야
일부러 아니, 무심하게 꾸미는 게 멋이라면

거품

떠나는 건 조금씩 죽는 것이라는데

푸른 몸인 사과는
물 속의 허리는
거품 속에 만져지는 단단한 그 자리는……

開花
——장경린에게

1
지팡이 짚고
나는 게처럼 옆으로 걷는다
開花에서 자장면 한 그릇 때리고 중국 과자집까지
넘어질 듯 그러나 자네 소맷자락이
거드는 것 알아, 마음에
구멍 내고 그리로 고개를
꾸려박는 것도 내 알지
빼도 박도 못하는
이 주제에 세한 추위
코밑 고드름 녹이는
그게 情이라는 것도

2
이십여 년 혼자 살다 보니
과일 고르는 법도 터득했다
사과는 속살이 처녀처럼 단단한
짱구라야 맛있는 걸
자네가 사온 사과를 보고 대견했다
그 동안 혼자서 구정물 세상을 헤엄치는 법을 졸업

했다 해서
　나이 들면 체중이 부는데
　물 빠진 물총같이 자넨 바짝 줄어들었더군
　눈가에 담긴 毒 빼고는
　가슴을 열고 바람을 빼면서
　살모사 한 마리 기어들어와
　또아리를 트나 기다린다
　요즘은 쑤시갯감도 못 되는 먹물들 군웅할거 시대
아니냐?
　없어진 중앙청 옆구리에서 태어난
　나 같은 苗木도 있듯이

　3
　흑단 지팡이가 잘 어울린다고?
　그건 말야, 내 세트거든
　늙음, 빈자리, 그 중간 지팡이까지
　(누가 훔쳐가지 않는 세트거든……)
　자네가 開花에서 말했지, 내 걸음걸이를 흉내내면
서 걷는 지팡이라고
　너무 멀리 가지는 말라고
　길은 너무 늦어요라고

비명

강화도 가는 갯벌에
제각기 성장한 의상을 입은
오리들이 평화롭다
사육장에 온 손님이
주인과 흥정을 하자
눈치챈 오리들이
필사적으로 도망친다
이미 제정신이 아닌
필사의 疾走, 그것은
춤이었다
삼삼오오 흩어지다
서로의 날갯죽지 속에 긴 목을 묻는……

제2부

권력과 케이크

대권 주자들이 많다

대권을 잡는다는 것은
본인이 원치 않더라도
(적어도 속으로는)
권력을 쥐는 것이다
땅에서, 풀잎이 돋아나는 지상
하늘까지, 白鷗가 나는 공중
발치에 엎드린
한자리 얻으려는 아첨배들을 거느린다
비유하건대 권력은
먹고 싶은 케이크와 같지
(문제는 얼마나 가지고 있는가이다)
남는 건 케이크를 자르던
플라스틱 칼과
빈 상자뿐

이것은 무슨 연극?

세상이 달라졌다
어떻게 달라졌느냐 하면
그냥 달라졌다

달라지기 전 세상 쪽에서
뛰던 망아지도 있고
음흉하게 겉으로는 태연한 척
이젠 달라진 세상
전면으로 나선 모습 바꾼
얼룩말도 있다

(모두들 열심히 뛰고 있다)

달리는 나무들
기관차들, 얼굴 가린 가면 무도회
잎 따서 붙이는 보호색들
검찰 총장이 나보다 더 정치적이라는
(신문 제목) 반격도 보인다
세상은 바뀌고 있는데
그냥 달라지고 있다
연극을 보듯

건달
——장승헌에게

두부 한 모
네가 마음을 주니
그 마음을 받는 마음이
마음을 넌지시 주머니에 집어넣는다
홑겹 주머니 배부르다
광명천지에
마음 비운 건달이 있어
옷 속에 또 껴입을 체온을 덜어주니

봄장마

하염없이 누구를
기다리는 것일까
늙은이 머리가 창밖으로
모과처럼 튀어나온 게 보인다
봄 장마비는 노란 뿔
모과를 적시고 그 아래로 미끄러진다
자동차도 미끄럽고 길도 분주하다
빗소리는 6도 간격으로
산책이나 하자고
늙은이를 불러내지만
대답이 없다
모과 머리는
모과를 버리지 않는
연인의 배 위에 엎드려 있다
(조금씩 죽어가는 것은 아름답다)
죽어가는 모습을 제 눈으로 음미하듯

남몰래 흐르는 눈물 別章

이미
몸도 마음도
추운 나이가 되었습니다
나뭇잎이
제 무게를 못 이겨 떨어집니다
나뭇잎 속에 들어 있는
헐벗은 심줄은
아직 말을 하고 있습니다
그전 같지는 않습니다만
세상의 무게를
지탱하는 것이겠지요
모리스 펜들턴 안무
「이상한 전람회」에 가보시면
거기에도 추운 내
모습이 걸려 있듯이

왔다갔다……
—— 李泰柱 형에게

독일제 카메라를
목에 걸고 다니는 사람이 있다
카메라 성능도 좋지만
피사체를 렌즈 안에 담는
순국산 눈도 보배다
인간을 찾아다니는
(인간은 풍경이므로)
그 사람 號가 盧行이다
연극 공연장이든 강의실 어디서나
마음의 짐을 덜고
마음을 비운 백발의 巨軀
왔다갔다…… 갔다왔다
늘 분주하다
그 거구가 있어야 할 곳에
없으면 세상은 쓸쓸하다
삭막함도 이겨내야 하고
물 한 모금
인간만 그는 찾아나선다
(인간은 자료이므로)
어린애 주먹만한 카메라는

정년을 맞은
그의 몸이다
몸은 계속해서 왔다갔다 갔다왔다
일심동체로 피어난다
아무것도 남기지 못하고 가는
인간도 많다
주름살 위에 주름 덮인
몽땅한 손으로
세상의 이면과 내면에
그는 셔터를 누른다

피어나는 것은
한순간의 그림인데
일이여. 그게 몸 아닌가

바르셀로나에서 며칠

1
3년 전
프라하 대성당 골목길을 가다가
단장을 샀다
노년을 이 지팡이에 의지할까 해서
백년 전 노인이 쓰던 물건이라
백금 손잡이가 벗겨졌는데
서울에 돌아와 수리를 했다

바르셀로나 고딕 지구에 묵고 있다
골동품 상점들이 즐비한
골목길을 천천히 걷는다
눈에 띄는 것은
옛 사람들이 쓰던
촛대, 램프, 가게 문가에 꽂힌 단장
그 중 하나를 집어든다 (마음이 동한다)
그 동안 내가 지탱해온
인간을 잃은 탓도 있다
단장을 짚고 골목길을 빠져나온다

2
나는
너에게 무엇을 주었던가
(6년 동안 우리는 동거했지만)
우리는 살을 조금씩 조금씩 저며주지 않았던가
그 저며준 살이 지금도
시들지 않고 있듯이
네가 내게 주고 가버린
(지금도 치가 떨리는 속쓰림)

3
지각 변동에 의해
바다 위로 돌산이 솟았다는데
육만 개의 봉우리가 내려다보는
몬세랏에는
司祭들이 산다
검은 마리아도 숨쉬고 있다
지구 위에서 제일 작은 나라
안도라에 가기 위해
피레네 산맥을 넘는다

산 아랫마을이 나라이다
네모 얼굴, 수염 늘어트린
개들이 산보하는 첩첩산중
방목하는 소떼들 옆에
벌거벗은 어깨가 망고 빛깔인
안도라의 처녀들

4
첫 무대는
「닫혀진 정원」이었다
말뚝 아래서 여섯 남녀가
생사고락을 같이할 임자를 찾는다
넘어질 듯한 말뚝이 말해주듯
(그들은 왜 춤추다가 말뚝에 기대어
하염없이 지평선을 바라보는가)
남자는 여자를 버리는가

마리아 델 마르 보네가 부르는
폐부를 도려내는 탄식처럼

5
골동품 가게에는
마리 앙투아네트가 꽂던 머리핀도 있고
손거울도 있다 나폴레옹이 앉던
가죽 의자는 키가 작다
옛 장신구들, 집기들이
바다 건너 왜 여기에 있을까
지붕이 생선 비늘을 닮은
가우디 건물은 시내
Paseo de gracia 거리에 있는데
창문과 창 아래 검은 그리가
파도 곡선을 탄다
이브닝 드레스를 입었을 때
허리띠가 풀어진 모습 그대로
꼭 여민 정장보다
흐트러진 모습
그 속에 든 육체가
가우디 건물이었다

6

바르셀로나 현지 법인에서 근무하는 삼성 간부들은
내 동창생 장선영에게 스페인 말을 배웠다고 한다 반
가웠다 (장선영 곱슬머리가 눈에 보인다) 60년대 첫
유학생이었던 내 친구 얼굴이

밤 8시 넘어
여기서는 패션을 구경할 수 있다
· 낮엔 뜨겁게 달아오르고
해풍이 부는 저녁은 서늘하다
해물 식당도 서서히 문을 연다
오토바이를 타고 가던 청년이
몸 안에 여자를 집어넣는다
「안달루시아의 개」라는 왕년의 영화도 있었지
머리가 검고 유방이 당돌하게 솟은
로르카의 연인들
정현종이 뜸들여 번역한
로르카의 절창들……
마요르카 섬에서 후려치는
이 장대비들

(내 마음에 빗장 거는 장대비 소리)

7
나는 없고
그 자리에
벗어놓은 너의 망사 옷과
지팡이 하나 놓여 있다
(꿈이었다)

분홍색

아주 옛날에 나는
金春洙가 공책에 구멍을 낸
고모湖를 보았다
스위스 로잔에는 레만湖가 있다
바다처럼 넓다
2월에 로잔에서는
만 열여섯 살 이하
춤추는 아이들이
콩쿠르에서 뽑힌다
(우크라이나에서 온 소녀는
「레이몬다」를 추기 전
무대에 서 있어도 그냥 이쁘다)
마치 바람이 불던 자리에
그 아이 몸이 없어지듯
미풍인 듯
고모湖는 어디인가
서울에 가서 여쭤보아야겠다
소련연방국 태생
유방도 반쯤 영근 아이가
분홍색이라는 것을
나는 뒤늦게 알아차렸다

길

아무것도 없는
아무것도 남길 게 없는
지나온 60년 길 위에
눈이 내리다 멎었다
白痴처럼 나는
그 동안 白紙 위를 걸어왔던가
저 사람이 누구지
춤추는 눈송이들 곁에
제 뼈를
걸레로 닦고 있는

리나와 세나

엄마가
「셰에라자드」(그 官能 춤)를
추고 나서 리나가 태어났습니다
리나의 다리는
예원학교 2학년 중에서
대리석으로 불립니다
스위스 로잔 국제 발레 콩쿠르에 나가려고
준비중입니다
하느님은 어쩌다
이런 보석도 만드셨는지요
(40년 전 태어나지 않은
내 딸이 태어났더라면
이런 모습일 것입니다)
모자를 깊게 눌러쓰고
리나를 바라보는 것만으로
(예순네 살에 철없이⋯⋯)

세나는 팡팡 튀는
공입니다
언니 머리 위에 늘

올라가 앉아 있습니다
「호두까기 인형」 마더 진저
(그 커다란 마더 진저 입에서)
기어나옵니다 세나는
리나 뺨치는 이 어두운 서울
특별시 눈송이 아닙니까?
아무리 땅에 굴러도
흙 묻지 않는 눈송이
코끝에 얼음을 매달고
마더 진저 여러 형제 중에서
문화 학교 아이들 속에서
발레리나 엄마 피를 물려받아
어디에 숨겠습니까
모자를 더 깊게 눌러쓰고
나는 담배만 연거푸 피고 있지만

임동창의 집

나무와 흙으로 지은
임동창의 집은
경기도 三竹에 있다
절간 같은
야산 밑 외딴집인데
밤 부엉이가 지키고 있듯
대문도 없다

대문이 없으니
문 걸어잠글 빗장도 있을 리 없다
인간을 조금씩 만드는
(그는 왜 품을 껴안는가
껴안고 뒹굴다가 버리는가
임동창은 세상을 버리는가)
거북 잔등 같은 맨발로
唱하듯 쉰 목소리로
인간을 조금씩 버리는가
통허리 고의춤에 삼죽 자연을
집어넣으면 즉흥으로 되살아나는가

클림트의 鉛筆畫 1

클림트의 線은
女體의 여행
부끄러움과 피곤함
숨막힘과 나른함이 있고
용서받지 못할 아름다움이
그 안에

클림트의 鉛筆畵 2

클림트의 여백은
曲線이 벌어진다
벌어지면서 저절로
흐르다 멎는다
눈 같은 것
문득 드러나는 살이
앞이 캄캄해진다
연필선의 질주

그늘 반근 2

슬픔을 저울에 달 때
한 근! 하면 어색하다
반근이면 족하다
(한 근은 너무 많지)
반근, 젊어지긴 틀린 이 미지수
내리막길을 찬란하게
미지수가 그 동안 미지수를 가졌듯이

그늘 뿌리 3

네가 내 곁을 떠났을 때
그 밤은 장려했다
조여드는 우물 안에
나는 갇혔고 너의 몸의
돋은 소름을
손바닥으로 털었다
끝이 안 보이는
끝, 마지막 식사였다

손등

사위와 춤을 추는
사람이 있는가 하면
(육완순과 이문세 퍼포먼스)
피나 바우쉬가 두번째 서울에 와서
「카네이션」 꽃밭을 밟을 때
딸들(사위도 같이)과
구경가는 노인도 있다
얼마 남지 않는 기차역에
정거장 표시판!
소래, 고잔…… 종착역 그늘
그 驛에 내릴 날도 얼마 남지 않았다
바람 불던 날의 인상을
이마에 써붙이고 다니던 날이 엊그제 같은데
귀신들 침이 덕지덕지 붙어 메마른
내 손을 딸 손등에
가만히 얹는다
(솜같이 따스하고 미끄럽다)
봄바람 미친 듯 부는
종착역에 다 와서야……

아침 식사

누가 울음을 참듯
뒤척이다가 제 살을 빵에 발라 먹는……

망령의 궁전

저기, 보이나요?
스물네 명 요정들이
혼자 걸어나오다가 날개를 접고
다시 걷는 사선 무대가
로맨틱 튀튀가 칠하는 저 물감이
날 저물어도 저 물감들, 토의 발자국들
가슴 저미는 안개 속 우산들

제3부

큰 달걀 작은 달걀

원래 木工所 자리였는데
작업실에 달걀이 많다
석고로 뜬 깨진 것, 성한 달걀
사이 누구 발자국인지
흔적이 뚜렷하다
군인들 3代가 나라를
쥐고 흔들었던 역사책 속에
한 놈은 총 맞고 두 놈은 감옥에
철사로 꽁꽁 묶인 달걀도 있고
뽀얀 젖무덤
달걀 두 개는
화실 壁 위에
달걀을 만드는 내 누이
옷 속에?

파란만장

전구

싱크대 위 전구가 사나흘 걸러 꺼진다 전파상을 불렀다 원인 불명이 전구가 나가는 이유라는즉슨 이 집에 사는 언제 꺼질지 모를 사람이 사는 불켜놓은 집

영광 굴비

눈알이 희미한 마른 굴비가 모로 누워 있는 양은 냄비는 욕조 같다 너를 쪄먹으려고 욕조에 물을 붓는다 양철 침상이 뜨뜻한가 어쩐가 넋 나간 너나 내나……

레이몬다

굴비는 제가 살던 법성포로 갔다 (내 뱃속으로) 「레이몬다」 솔로, 천천히 들린 다리가 중간에서 한 박자 쉰다 손뼉을 치며 아다지오는 늘 이쁘다 病인 양, 병도 중증이면 멈춘 허벅지 살이 그냥 자연이지, 아무것도 지워진 것도 아니, 지워지지 않는 그 둘레

잃어버린 것들의 수첩

욕조
네모 반듯한 타일이
욕조 壁이다
네가 샤워를 할 때
타일은 언제나 물기로 축축했다
비누 거품이 튀기도 했다
벽의 중앙
미장이 출신 뒤뷔페가 그린
소년이 웃고 있었지
욕조 속 물에 뜬
유방을 내려다보고 있었지
무대 위 욕조에서 물 튕기며
추던 춤과 만났었지
소년은 어느 날부터
웃음을 잃어버렸다
네가 떠난 후
타일은 변색되었고
샤워 꼭지는 물이 말랐으며
조그만 곤충이
욕조 안에 엎드려 있다

미동도 하지 않은 채

사진틀
사진 하나는
네가 스무 살 때 올백으로 넘긴
머리, 그 아래는 수풀이었다
매끄럽고 윤 나던 피부,
사진 하나는 가까스로 가린
가는 끈 두 개
어깨가 맨살이었다
숱이 많던 수풀
(네 下體도)
달걀형 어깨 아래
기대어 눈감던
구릉이

앨범
조막손이 잡고 있던
맨발도 거기 있다
젖은 입으로

(나는 네 맨발을 삼켰다)
파리의 뭉수리 公園에서
덜덜 떨며 찍힌
스냅도 있다
그때 우리는 허기졌고
추웠고 철부지들처럼
배고프고 추워도
서로를 가질 수 없다는
절박함에 무엇보다 허기졌었다
서로의 팔과 가슴
등뒤로 마음을 집어넣고
덜덜 떨면서
(편지를 보내도 받을 수 없는
그건 기막힌 슬픔)
수신자 없는
엽서 두어 장,
이제는 부질없는
열병에 떠다니던 글자들
네 목 아래 사마귀 같은
염료로 지워도 안 없어지는

사랑의 외마디들

뭉크
뭉크는 열여섯 살
여동생 나체를 그렸었지
두 손으로 음부를 가리고
엉거주춤 침대 모서리에 걸터앉았던
나는 열여섯의 두 배도 넘는
너를 가진 것뿐
(그 가짐이 평생 지속될 줄 알았다)
어느 날 나의 뭉크가
처음 너를 가졌을 때
희부연 두려움이
살에 새긴 문양이
소리나던 樂器의 絃이
끊일 줄 몰랐다
너무 가볍게
너무 생소하게, 처참하게

사라지는 寺院 위에 달이 내리고

스페인 태생
루시아 라카라
만 19세, 너의 몸은
大理石 같군
어떤 흠집도 남기지 않는
寺院 위에 달이 질 때
네 몸은
얼어붙은 음악, 아니
그 공간에 놓여야 할
저 가여운 美
누가 그랬던가 건축을
얼어붙은 음악이라고……

책 마흔여섯 권

스무 살 이후
공중에 매달려 있는 지금까지
마흔여섯 권의 책을 냈습니다
풍경을 춤출 수 있을까
내게 물으면서
하찮은 이 책들로
무엇을 끓여 먹을 수 있을까
냄비 속에 지나간 풍경을 끓이면서
음악원 수업 시간
학생들에게 물었습니다
너희들은 뭐니?
그리고 나는?
(아무도 대답하지 않았습니다)
재미없는, 허탕치는 강의는
이제 그만두기로 다짐했습니다
「尖弓形」을 작곡한 몽상가 얘기를 들려주면서
내가 입고 싶던 음악의 의상
내 연인은 춤추는 이들 중에
있다고, 풍경 모서리에 적혀 있다고……

문득 저 푸름

죽어 있는 것들만
널려져 있는
내 주변에
푸른 기운이……
(문득 그 푸름 속에
들어가 갇혀버리고 싶다)
네가 문을 열어주지 않을 때까지

사진 작가 두 사람

배병우의 소나무
나무에 마음이 얹혀
중심을 땅에 묻어둔 것도
있거니와 사진 작가 배병우의
소나무는 발이 달려 있어
새벽녘 어스름을 헤치고
어디로 가고 있다
땅에 묻은 마음
깨달음도 소중한데
이슬 촉촉한
저 발 달린 나무들의
힘의 躍動
세상 만물 중에
인간의 헛기침이
생으로 내 귀를 때리느니

모자 쓴 고등어 찍은 馬夏海
모자 쓴 고등어……
인화된 내 모습 보고 웃었다(이렇게 유쾌해보기도
처음)

또 다른 사진
南佛서 산 쭈그렁 벙거지
하늘 한 자락을 붙잡고 매달려 있는

발레 모음곡

거위우산──이지은에게
비 오는 巴里
쁘랭땅백화점 1층 구석에
여러 마리 거위들이 옹기종기 모여 있다
거위우산을 펼치면
검은 우산 살에
손잡이 주둥이만 하얗다

가죽 부츠를 신은
백화점 구석 윌리들 중에서
언니격인 지은이는
늘 先頭가 정해져 있다
포도색 아이라인, 단발머리
가슴에 고인 빗물을
털어내듯 거위우산을 쓰면

아라비아 춤──남소연에게
모든 눈들이
다 울음은 아니다
눈을 치켜뜨면 눈망울이 바로

울음인 눈도 있다
서 있는 다리 옆으로

한없이 올라가다 제 키 위로 멎는
아랍풍 물방울 천에 비치는
脚線도 있다
육감적인 제 몸을
안을 듯하다 버리는⋯⋯

무덥고 짜증나는 밤

무덥고 짜증나는 밤에 정현종이 쓴 「너는 자기가 생각하는 자기보다……」를 읽는다 유쾌해서 핫핫…… 핫 웃음이 폭발했다 A와 B 중 A가 B에게 충고하는 역설이다 이 시가 흔쾌한 것은 (다시 시를 천천히 읽어본다) 나는 내가 생각하는 나보다 크다는 걸 너를 통해서 안다 너는 자기가 생각하는 자기보다 크다는 걸 나를 통해서 알 수 있을까 (네가 그럴 수 있도록 나는 노력하고 있다 우리는 노력하고 있을 것이다 자연은 노력하지 않아도 안다) 핫핫 핫…… 밤잠을 설치던 1999년 여름 무더위가 싹 가셨다 뛰는 놈 위에 나는 놈이 있었겠다 잠시 유쾌했다가 서글퍼진 것은 이 나라 시 일급들 겸양이 문제였다 겸손함을 폐기 처분한 망종들이 판치는

늙은 아들

북가좌동 살 때 아령을 하던
(―K가 드디어 아령을 시작하였다)
왜 그런 시 썼었지, 아들아
너도 읽었을 테지만
아파트 7층 복도에서
맨손 체조 하다 그만둔다
건강도 떠나갔고
죽는 날까지 서로 기대 있자던
연인도 내 곁에서 떠난 지금
그게 연애 아니겠니?
20여 년 만에 불쑥 나타난 아들아
내 지갑 속에 들어 있는
망사캡 쓴 네 모습은 그때 일곱 살
너도 세월이 할퀴고 갔구나
몸은 다 탄 촛불처럼
심지만 조금 남았는데
아들아, 네게 줄 게 아무것도 없구나
감정에 여기까지의 풍경에 간을 치는 것밖에는

아기 예수를 바라보는

명동성당에 가서
아기 예수를 바라보는 스무 개의 시선을
백건우에게 배운다
聖母의 눈빛
지금 날개 단 천사들
抹油式도 시선에 들어 있다
김수환 추기경 옆에
「눈물」을 춤춘 눈물도
고개를 숙이고 있다
다 지나버린 것들을
바라보는 나 같은 無色은
장중한 곱, 되울림에
두 다리 사이로
고개를 파묻는다
바닥으로 떨어질 듯한 무거운 머리를
햇빛이 나면
새 우는 곳 싣고 가리라고

再會

그 餘白 속에
너는 갇혀 있었구나
(두 딸의 어머니가 되어)
눈썹까지 앞머리를 내린
열아홉 살 때나 지금
여백의 자리를 옮겨 앉아도
그림이 된다 무릎은 반쯤 드러나
퍼렛었지, 닥종이 앞에서
붓을 든 네 모습이

탱고

예순하나,
철든 나이에
처음 무대 위에서 추는 탱고
긴 가죽 장화를 신고
20대 꽃들 여섯이
셋씩 의자 위에서 튕겨 일어나
마룻바닥을 차며 추던
「탱고 비트롤라」는
아주 격정적이었지
시간도 거꾸로 멈춘 듯했는데
(그 생기발랄함)
이제야 철들었는가
아니, 환갑 노인의 망령인가
지나온 덤덤한 세상에
이것도 風景이라면
그래, 괜찮을지도 모르지
시퍼런 대낮에
관객을 웃기는 건
한쪽 심장에서 소곤대는 소리
(개수작이야……)

그 말도 맞다
바른손은 그녀 허리 둘레에
왼손은 장대처럼 높이 올린
순 남미식 춤
「탱고 프롬나드」, 산책도 할 겸
무대를 가로질러 가다가
멈출 때는 발끝으로 비비면서

쿠마

현관에 들어서면
쿠마는 반갑다고 온몸을 비틀면서
눈으로 짖는다
쿠마를 안아주고 내려놓으면
잠들 때까지 나를 따라다닌다
눈 오는 저녁, 茶 마실 때
식탁 밑에서 내 맨발을
물어뜯는 쿠마,
인간이 인간에게 체온을 나눠주듯
인간과 동물 사이에도
무슨 체온이 가 닿아 있다
아무것도 없는
이제는 아무도 돌보지 않는 나를
쿠마, 네가 지켜보듯

로마 수첩

볼사리노 모자점
볼사리노 모자 가게는
1887년에 문을 열었다
型이 없는 이 모자는
쓰는 사람 손으로 형을 만든다
여름에는 시원하고 겨울에는 따스하다
58 사이즈를
약간 바른쪽으로 기울게
머리에 얹으면 된다
볼사리노 모자챙을 내리고
정치가, 대통령, 국무총리도
눈을 가늘게 뜨고 쳐다본다
예술가들을 바라보는 것만 못하다
로마에 가면 스페인 광장이 있다
그 층계에서 오드리 헵번이 스무 살 때
아이스크림을 먹고 걸어내려오던
장면이 떠오른다
광장 분수를 지나
곧장 걸어가면
상가 끝 가게, 볼사리노 모자점이 나온다

모자는 눈썹 밑까지 푹 눌러써야 어울린다
단장을 짚으면 더 제격이다
로마의 휴일, 극동에서 온 老人 하나가

정리할 때가 되었는가?
요즘 책들을 정리하고 있다
책들은 열세 살 때부터 지금까지
나와 같이 살았다
로마의 작은 호텔에서
밀란 쿤데라의 소설을 다시 읽고 있는
지금까지 나를 따라다닌 것이 아니라
내가 책 속에 들어가 살았다
정리하고 있는 책들은
춤에 관한 것들이다
40여 년 간 모은 것들, 제각기 다른
新婦들을 문을 열게 될
내 이름 석 자가 붙은 춤 자료관에 보낸다
손때 묻은 책들은 거기서 안식처를 찾게 된다
이제는 정리할 때가 되었는가?
책들을, 나의 신부들을 보내는 마음도

물론 그 마음 안에는
내 삶의 정리도 들어 있다
수많은 춤을 보았고 그 안에 들어가 살았다
내가 만난 空氣를
어린 딸들에게 물려주고 싶다
저 혼자 정리가 藥이 된다면
그 동안 남발했던 말에 용서를 빌면서
이제는 끝나가지만 석유 몇 방울 묻은
램프 심지도 그냥 있는 罪, 사랑까지
내가 지금도 그 곁으로 가고 있는 벌까지
정리할 때가 되었는가
나는 신부들을 돌려보내고(그 중에는 나를 따랐고
식탁에 차려놓은 몇 안 되는 뮤즈들까지)
17년 만에 다시 만난
로마의 소나무가 거리에서
나를 흘겨본다
왜 저 소나무는 팔이 굵은가?
1910년에 음악으로 다시 태어났던가
수첩에 적고 있는
암호 같은 말들이 벌떡 일어나

소나무 아래에서 손을 흔든다
이제는 정리할 때가 되었는가

가죽 구두
산마르코 광장 진열장에
가죽 구두가 많다
어떤 구두에 내 발이 들어가 앉는다
떠나간 그네의 맨발도 들어와 포개진다
꼼지락거린다
다 해진 발을
비집고 들어온 발이 간질인다
빈 가죽 구두 껍데기만 남듯이

제4부

빈 배

내 몸을 접어서
당신 몸 안에 넣으려고
반년을 그렇게 살았습니다
받아들이지 않는 것도
이치입니다 당신의 젊음을
훔쳐서야 되겠습니까
(훔치는 건 자유지만)
몸 안에 들어서는
밀치지 않는 것만도
얼마나 다행입니까
고여 있는 물에
어디 빈 배라도
띄우게, 머흘머흘 물 위로
흘러가게 내버려둔다면
「손을 주세요」
춤 제목 아닙니까?
쓸 만한 것들은 모두 버린
지금 빈 배에 소름을 싣고 가려고……

헐렁한 옷을 입고

헐렁한 옷을 입고
(나도 스물, 서른 살 때는 꽉 조이는 옷을 입었단
다)
마음은 오히려 헐렁해지는
것을 내가 나를 감시한다
너는 대학에 출강하지 않니? (쥐뿔도 없으면서)
춤글장이 후배도 여러 명 길러냈지
늘그막에 너는
숨어서 땅 위에 다리가 이쁜
화초들에게 물을 주고 있지 않니?
헐렁한 옷을 입고
마음은 언제나 비단
세상 구정물 밖에서 노니는
白鳥랑 黑鳥 곁에서
사선으로 내려오다 잠시 멎는 플리에……
(마티스가 그렸지, 저 팔 움직임)
헐렁한 가방을 열면
저승사자가 기다리는 것도
그러나 기죽지 말기

눈짓

2인무를 춤추는
너의 눈짓은
돌덩이 같은 것도
그냥 녹일 수 있지 않니?
흘겨보다 빨아들이는
감전될 것 같은

네 살의 盛饌은

아빠의 그림

너무 여려서
(너는 있는 것 같기도 하고 없는 것 같기도 한데)
부드러운 피륙처럼 언제나
내 곁에 있다
시들고 있는
잠자는 風景人의
가슴에 달려 있는
서랍 안에서
(너는 푸른 물고기처럼 헤엄치고 있는데)
전람회장에 데려다주는
車 옆자리에서 보니
네 손가락이 가늘고 길기도 하구나
투명한 팔에 매달려 있는
아주 낯선 팔목에
느슨하게 감긴 팔찌
봄장마인가, 사나흘 비가 내려
마음이 춥다
추운 밤엔
(아름다운 딸을 내게 보내주신 하느님께 묵념으로
보답하고 싶다)

하느님, 저는 이 세상에 남아 있을 날도 얼마 남지
않았습니다……
마음의 저수지에서 이 아이가
춤추는 모습을
보는 날도
저는 딸아이 손잡고
나무처럼 세상에 서 있다가 갈 것입니다
해 저무는 서늘한 호숫가에
너무 여려서
없는 것 같기도 하고
서랍 속에
들어 있는 은팔찌, 잠자는 그림 같은 팔 옆에서
굽어보는 못난 아비가 되어

土房

무등산 산자락 아래
토담집에 스님이 살고 있다
밭에서 솎은 일곱 가지
산나물 찬으로 밥 얻어먹다
스님이 「그레고리오 聖歌」를 틀어준다
엉성한 서까래 밑 자연목 기둥이 回廊으로 변한다
앉아 있는 스님 등뒤 유리창이
쌔 빠지게 道 닦듯 닦은 턱이
빈 허공 같다
대숲이 가끔 몸살을 앓는 건
무등산 바람 탓
돌 위에 얹은 돌(부처 얼굴)
오라질 놈! 서른 안팎 스님은
이목구비 모두 오라지게 잘생겼다
자연 속의 자연이다
(조금 부러워서)
흙이나 다름없는 스님을 쳐다보다가

젊은 가야금

한 시간 십 분 동안
정남희제 황병기류 散調를 들었어요
우리 음악을 수염 기른 노인이
젊게 만든 曲이지요
나도 덩달아 젊어졌었는데
그 무궁한 엇모리, 휘모리 장단
가락에 몸 담그다 보면
그게 울음이라는 걸
세상이 조금씩 보이는 게 아니겠어요

梨大 옛 교실

바 Bar가 있는 무용 연습실
마루가 반질반질하다
19년 전 예비 발레리나들 옆에
서 계셨던 친구 어머니 모습 보이다

삐걱거리는 나무 계단이 정겹다
석조 건물 안에 손으로 밀어올리는
육중한 유리 창문 낭만을
요즘 신세대들이 알 수 있을까
소박한 책상과 몽당 의자
의자 등에 걸쳐 있는 털실 반코트
방 모퉁이 절름발이 나무 의자는
조교 자리
(춤출 때 希周는 허리선
그 아래가 실팍한 봄이었다)

금환빌딩 302호

내 집필실은
고가도로 옆에 매달려 있다
金兌庭의 그림처럼
작은 방에 세 귀신들이 앉아 있다
(모두 자기 표정이 지겨운 듯)
앉아 있다 원고지 한 장 떨어져나간다
제 살을 먹고 있는 거나 같다
제 살을 저며주던 여자도 있었다
물거품이 되었지만
가끔 그 물거품을 마시면서
아껴가면서

마리아 호아오 피레스 피아노 독주

피아노를 마리아,
당신은 애무하고 있군
소리의 몸이
樂器이듯
애무로
그 몸 안이 갑자기 투명해지는

마야
——再會

멕시코에 갔다가 돌아온 다음날
잠결에 눈뜨니
내 옆에 마야가 누워 있었다
계곡 물에 마른 입술을 축였다
유방과 유방 사이
천년도 넘게 잠든 古都
쿠아나토에 갔었을 때
그 능선에서 만났던 새소리……
자연이 거기 있었다
몸은 자연이었다
마야의 풍만한 몸이
초라한, 다 낡아버린
집 한 채를
안고 있다
서까래만 몇 개 남은……

佛甲寺

산자락 끝에 절 지붕이 걸려 있다 丹靑이 지워진 채
나한전 窓戶 무늬 두 칸 맨나무살이 춥다 조선 중기
시대 骨童답게

달의 손

어느 때나 보던 달
知音
마침표 같은 별 하나
손길의 무중력
감촉

이 폭염의 지랄들

어느 봄날
친구 처제가 모는
차를 타고 연대 교정을
둘러보았다 넓기도 하고
숲은 푸르렀고 한적했다
무엇보다 새소리가……
시인 친구는 방학에도
숲길을 거닐기 위해
(슈베르트처럼 뒷짐지고)
새소리를 지척에서 듣기 위해
도시락을 쌌다
장발이요 銀髮이,
권력을 비웃던 私製 미사일을 발사하던
모습이 감람나무 너머 보인다
그 숲이
산책 길이, 시인 곁에서 울던
새소리도 화염병과 최루탄으로 망가졌다
새들은 당분간
제 둥지를 찾아오지 않는다
나뭇가지 자연에 하늘에

제 둥지를 틀었던 새들
울지 않고
날지 않고
밥맛 없는 김빠진 지랄들
개중에는 용공으로 물든
운동권을 나무라는
지랄들 지랄……이라고
숲을 떠난
남색 꽁지가 南天 하늘물에서
다시 울기 위해
멱감는 새들
밥맛 없는 지랄들…… 지랄

그들은 그렇게 어디로 가고 있는가

푸른 제복의
성처녀가 살았다
무트……는 땅이라는 뜻
그 땅에 발붙여 살았다
45킬로, 몸은 가벼웠는데
지글지글 끓는 地熱이 대단했지
샤스커트(스커트 안에 받쳐 입는 치마)
속에 온몸이
몸살이었다
몸에 감꽃 같은 반점이 돋고
소년이 성처녀를 베고 누웠다
(아무 일도 일어나지 않았다)
무트……는 춤이었다
살에 박힌 반점들이 모두
일어나 걸었다
그들은 그렇게 어디로 가고 있는가

풍경을 춤출 수 있을까

장경린

무용은 말없는 시요, 시는 말하는 무용이다.
——플루타르크

3월 28일

좋은 글은, 심지어는 평론마저도, 마치 춤처럼 보인
다. 좋은 평론가가 하는 말은 독백을 늘어놓아도 독무
(獨舞)로 보이지 않는다. 마치 그 글을 읽고 있는 독자나
초인격적인 역사와 대화를 나누고 있는 것처럼 보인다.
텍스트를 사랑하는 진정한 독자로서의 평론가가 그 텍스
트와 춤추는 이인무(二人舞) 같은 글은 정신적 오르가슴
을 느끼게 한다. 세상과 춤추는 좋은 시는 두말할 나위
도 없고. "무용은 말없는 시요, 시는 말하는 무용이다"

라고 말한 이가 플루타르크던가.

4월 6일

삼청터널을 오가는 출근길에 개나리와 진달래가 벌써 만발했다. 꽃을 보니 나도 모르게 마음이 화사해진다. 개라도 한 마리 끌고 슬렁슬렁 산길을 거닐면 금상첨화겠다.

소외되지 않기 위해 사소한 이해득실에도 남들처럼 예민하게 반응해야 하는 자본주의식 처세에 이제 지친다. 인간에게서 체온을 느끼기 어려워진 지도 오래. 개는 석기 시대 때부터 인간과 호흡을 맞춰 살아왔다고 한다. 이제 인간은 완전히 맛이 갔고, 고대 만주어 속에 우리말의 원형이 남아 있듯이 개의 마음속에나 인간의 따뜻한 마음의 원형이 남아 있는 건 아닌지 모르겠다. 김영태 시인의 시 「쿠마」에 이런 구절이 있다.

> 식탁 밑에서 내 맨발을
> 물어뜯는 쿠마,
> 인간이 인간에게 체온을 나눠주듯
> 인간과 동물 사이에도
> 무슨 체온이 가 닿아 있다
> 아무것도 없는
> 이제는 아무도 돌보지 않는 나를
> 쿠마, 네가 지켜보듯   ——「쿠마」

4월 9일

『그늘 반근』의 발문이 인공 조미료로 맛을 낸 미역국처럼 밍밍해서 서두를 다시 뜯어고쳤다. 파일이 날아갈지도 모르니 여기에 잠시 저장해두어야겠다.

김영태 시인은 시를 쓰고 그림을 그리는가 하면 무용평론가로 왕성한 활동을 해온 전방위 예술가이다. 좋아하는 것을 찾아 이곳 저곳을 기웃거리다 보니 다방면으로 활동하게 되었다는 그의 겸손한 변론은 요즘처럼 장르 해체가 활발히 진행되고 있는 시점에서 돌이켜보면 전위적인 열정을 느끼게 한다. 현대처럼 장르가 분화되기 이전 원시 시대의 전문 예술가라고 할 수 있는 샤먼은 무용과 시와 음악을 함께 연주하던 전방위 예술가였다. 김영태 시인이 일생을 통해 보여준 예술적 행보는 샤먼과 같은 예술가적 감성을 느끼게 한다.

> 스무 살 이후
> 공중에 매달려 있는 지금까지
> 마흔여섯 권의 책을 냈습니다
> 풍경을 춤출 수 있을까
> 내게 물으면서   ——「책 마흔여섯 권」

스무 살 이후 마흔여섯 권의 책을 내며 예술가의 길을 걸어온 시인은 "책 속에 들어가 살았다" "수많은 춤을 보았고 그 안에 들어가 살았다"(「로마 수첩」)고 말한다. 삶이 곧 예술 그 자체였다는 그의 고백은 단순히 실천

의지를 드러내는 것 이상의 의미를 지니는 것으로, 예술적 경험이나 예술가들과의 만남을 주된 소재로 삼아 시를 쓴 흔치 않은 개성을 보여주고 있다. 이러한 예술적 소재들은 일반적인 시적 소재들과 달리 선행 텍스트 pretext의 성격을 띠고 있어 예술적 이미지를 지닌 소재가 거느리고 있는 아우라가 그의 시적 감성과 만나 다중적 화자의 역할을 하는 표현 효과를 얻고 있다.

그와 유사하게 선행 텍스트를 사용한 예로는 처용 설화, 이중섭, 예수, 도스토예프스키의 소설 속 주인공들을 시적 소재나 화자로 사용한 김춘수 시인이 있다. 그러나 두 시인이 선행 텍스트를 활용하는 의도는 크게 다르다. 김춘수 시인이 자신의 시세계를 관념적으로 재해석하고 중층적으로 드러내기 위해 선행 텍스트를 활용한 반면, 김영태 시인은 정 붙일 구석이 없는 일상적 삶을 벗어나 숨을 고르고 도약을 하는 실존적 공간으로 선행 텍스트를 활용하고 있다. 김영태 시인의 시가 무용 대본과 작곡의 모티프로 빈번히 사용되었던 것도 다른 장르와의 교감을 감각적으로 수용하였던 그의 자세와 무관치 않다. 그가 글을 쓰면서 스스로 "풍경을 춤출 수 있을까" 자문하는 것은 언어가 마음의 춤이라는 그만의 미학적 태도를 보여주는 것이기도 하다.

시집 『그늘 반근』에서 그가 보여주는 풍경은 그늘과 빈자리라는 두 개의 이미지를 중심으로 펼쳐져 있다. 그늘이 세월의 무게를 느끼게 하는 정서적 공간이라고 한다면 빈자리는 그 무게를 덜어낸 결과 남은 허허로운 공간이라고 할 수 있다. 노년을 맞은 시인에게 있어서 이들은 그의 실존적 위치를 나타내는 상징인 셈이다.

> 나는 그의 그늘에 가서 그가 나를 멀리한 이후의 그
> 늘 안의 그늘로 남아 있었습니다 그의 살 속에 遮陽을
> 매달고 6년 동안 촛불을 켜놓고 살던 것도 지금은 희미
> 해진 그의 몸 지도 위 나 쉬어가던 곳도 그늘에 묻히고
> 말았습니다 지팡이 짚고 모자 쓰고 넉넉한 옷 가을 같은
> 옷 입고 지도도 필요 없이   ——「그늘」

　그늘이란 존재의 뒤편에 드리워진 빛의 결여태이다.
그러니 존재가 없거나 빛이 없다면 그늘은 존재하지 않
는다. 이 시에 나타나는 그늘은 "그가 나를 멀리한 이후
의 그늘"을 가운데 두고, "그의 그늘"과 시인(그 역시 그
늘이다)이 대치하듯 떨어져 있는 구도 속에 있다. "그의
살 속에 차양(遮陽)을 매달고 6년 동안 촛불을 켜놓고
살던"과 같은 아름다운 이미지가 살아 있는 그늘. 삶의
무게가 실린 그늘은 그러나 단순하게 전개되어 있지 않
다. 그의 살 속 어두운 그늘, 그곳에 켜놓은 촛불이 너
울거리며 만드는 그늘, 그늘과 그늘의 이별, 그늘 위로
깔리는 이별의 아픈 그늘. 이 그늘들은 원인과 결과를
해체시키고, 비록 헤어진 사이지만 시인과 그의 간격을
지워 아련한 회상 속에서 서로 넘나들며 중첩되고 있다.
겹을 이룬 이 그늘들은 다양한 농도의 잿빛 춤이 되어
"끝이 안 보이는/끝"(「그늘 반근 3」)으로 슬픔처럼 번져
나간다.

슬픔을 저울에 달 때
한 근! 하면 어색하다
반근이면 족하다
(한 근은 너무 많지)
반근, 젊어지긴 틀린 이 미지수
내리막길을 찬란하게
미지수가 그 동안 미지수를 가졌듯이 ──「그늘 반근 2」

　　슬픔은 슬픔에 빠진 자로부터 빛을 앗아가 전존재를
그늘지게 한다. 그러니 슬픔의 심리적인 무게는 "한
근!"이 옳다. 이때 '한'은 물론 크다는 의미이다. 그러
나 시인은 "한 근! 하면 어색하다/반근이면 족하다"고
말하고 있다. 덜어낸 나머지 반근의 마음을 미지수로 남
겨놓는 시인의 의도는 무엇일까. 그늘진 노년의 내리막
길이 찬란해질 수 있다면, 이 반근의 미지수가 있기에
가능한 것이다. 수리적 개념인 미지수에 가까운 공간적
이미지는 여백이다. "미지수가 그 동안 미지수를" 가꿔
왔다는 시인의 말은, 빡빡한 현실 속에서 그래도 숨쉴
만한 여백을 찾아다녔다는 뜻이리라.

型이 없는 이 모자는
쓰는 사람 손으로 형을 만든다
여름에는 시원하고 겨울에는 따스하다
〔……〕
볼사리노 모자챙을 내리고
정치가, 대통령, 국무총리도

눈을 가늘게 뜨고 쳐다본다
예술가들을 바라보는 것만 못하다　　——「로마 수첩」

　그가 형(型)이 없는 모자를 즐겨 쓰는 이유, "모자챙을 내리고" "눈을 가늘게 뜨고" 세상을 쳐다보는 이유는 눈을 가려 마음을 반개(半開)하기 위해서이다. 세상사의 무게를 '반근' 덜어내기 이전에 마음을 '반개'해서 보는 그만의 독특한 관법은 완벽한 그 무엇인가를 찾아내기 위해서가 아니라 '미지수'로 살아가기 위한 지혜이다. 이와 유사하게,

　헐렁한 옷을 입고
　(나도 스물, 서른 살 때는 꽉 조이는 옷을 입었단다)
　마음은 오히려 헐렁해지는
　것을 내가 나를 감시한다　　——「헐렁한 옷을 입고」

　그는 몸이 조이지 않고 반개되도록 헐렁한 옷을 입되 마음이 헐렁해지지 않도록 자신을 감시한다. 헐렁한 옷을 입는 것과 자신을 감시하는 것은 외면적으로는 상반되는 일이다. 그러나 미지수를 찾는 행위라는 차원에서 보면 동일한 목적을 가지고 있다. 너무 헐렁해져 헐렁임으로 가득 차게 되면 감시의 눈길로 조여주는 것이 역설적이게도 미지수가 되는 것이다. 그러므로 중용의 지혜를 깔고 있는, '반근'을 덜어내는 시인의 철학이 시적으로 변용될 때 여백의 미학을 낳는 것은 자연스런 일이다.

4월 10일

목이 마르면 콜라나 사이다와 같은 청량 음료가 생각나는 사람들이 많다고 한다. 갈증과 자연물인 물이 쌍을 이루던 관계가 깨어지고, 물이라는 자연의 자리에 청량 음료라는 문화가 들어선 것이다. 배가 고프면 냉장고가 생각나는 아이들. 외로울 때 전자 오락실을 찾는 젊은이들. 이 모두가 자본주의 사회의 착실한 문화 소비자들이다. 그들의 감각 코드는 상품 목록 코드와 연계되어 있다. 그들은 자신이 문화 생활을 향유하고 있다고 생각할 것이다. 마치 당당한 주체인 양.

그러나 문제는 자신이 사회적으로 조작된 욕구에 따라 움직이고 있다는 것을 인식하지 못하고 있다는 사실이다. 자신들의 공허함을 대리하여 표현한 문화 상품이 나올 때까지 그들은 공허해하지 않을 가능성이 크다. 공허해야 할 이유가 없을 뿐 아니라, 그러고 싶어도 그 감정의 정체를 파악하는 것이 쉽지 않기 때문이다. 이는 현대 생활이 복잡해짐에 따라 정신/물질, 부분/전체, 가상/실재, 원인/결과 등과 같은 전통적으로 삶을 분별해 오던 요소들간에 혼돈이 가중된 데 기인한 것으로 보인다. 표현의 전문가인 예술가나 연예인의 주가가 올라가는 이유도 여기에 있지 않을까.

내가 시를 쓰고, 밀란 쿤데라의 소설을 읽고, 「박하사탕」을 두 번 보고, 단전 호흡을 하는 것도 문화 생활이라는 큰 틀 속에서 생산과 소비의 쳇바퀴를 돌리고 있는 것에 지나지 않을지 모른다. 나도 이미 조작된 감성의

노예일지 모른다. 아니지, 그런가? 아닌가?

4월 13일

부처를 만나면 부처를 죽이라는 말은 부처를 만나면
부처가 된다는 말과 다르지 않다. 부처를 죽이는 건 부
처를 인정한다는 뜻이니까. 부처를 알아봤다는 뜻이니
까. 선(禪)은 대상과 하나가 되는 일이 아닌가.

『그늘 반근』을 읽으며 내내 생각했다.

이걸 어떻게 죽이지?

생각을 뒤집으면, 이걸 어떻게 춤추지?

김영태식으로 말하자면, 풍경을 춤출 수 있을까?

김영태 시인이 자신을 일컬어 초개(草芥)라고 부른 의
도는 무엇이었을까? 지푸라기…… 풀잎과 지푸라기는
둘 다 풀에서 파생된 이미지이지만, 끈질긴 생명력의 상
징인 풀잎과 바싹 말라 보잘것없는 지푸라기가 지닌 이
미지의 차이는 크다. 생명을 가진 자가 내려갈 수 있는
맨 밑바닥 존재인 지푸라기에 자신을 비유한 시인의 배
짱은 어디서 나온 것일까?

정현종 시인의 시 「너는 자기가 생각하는 자기보
다……」를 읽고 느낀 바를 김영태 시인은 「무덥고 짜증
나는 밤」이라는 시에서 이렇게 쓰고 있다.

무덥고 짜증나는 밤에 정현종이 쓴 「너는 자기가 생
각하는 자기보다……」를 읽는다 유쾌해서 핫핫…… 핫
웃음이 폭발했다 A와 B 중 A가 B에게 충고하는 역설이

다 이 시가 흔쾌한 것은 (다시 시를 천천히 읽어본다)
나는 내가 생각하는 나보다 크다는 걸 너를 통해서 안다
너는 자기가 생각하는 자기보다 크다는 걸 나를 통해서
알 수 있을까 (네가 그럴 수 있도록 나는 노력하고 있다
우리는 노력하고 있을 것이다 자연은 노력하지않아도 안
다) 핫핫 핫……   ──「무덥고 짜증나는 밤」

"나는 내가 생각하는 나보다 크다"는 사실을 깨닫는
것은 유쾌한 일이다. 우리가 흔히 자기 자신이라고 여기
는 에고는 자신의 존재 근거를 물질적 차원에서 찾는다.
에고는 나를 내 몸에 가두고 몸 밖으로 달아나려는 나를
가로막는다. 몸 밖에는 통제할 수 없는 혼돈과 위험이
도사리고 있다며 에고는 늘 몸을 사린다.

그러나 우리의 에고가 믿든 믿지 않든간에 모든 물질
은 자신의 몸 밖에 보이지 않는 아우라를 거느리고 있다
(고들 하지만 나는 그걸 기〔氣〕 정도로 이해하고 있으니,
개똥에도 아우라는 있다). 이 아우라가 바로 "내가 생각
하는 나보다 크다"고 말할 수 있는 '큰 나'이다. 이처럼
물질로부터 뿜어져나온 비정형의 에너지인 아우라는 내
가 나를 버리고 상상의 나를 만들어나가는 가능태이다.
그리고 '큰 나'가 존재하는 허공과 같은 공간은 그의 시
에서 여백의 미로 형상화되어 있다.

김영태 시인은 예술가들의 캐리커쳐나 피아노와 발레
를 소재로 소묘화를 즐겨 그린다. 그는 건필로 마치 지
푸라기들을 끌고 다닌 흔적 같은 메마른 선을 그어 대상
의 핵심을 절묘하게 잡아낸다. 그의 선묘화는 선으로 대

상을 그려낸다기보다는 그 선이 거느리고 있는 여백으로 대상의 이미지를 암시하고 있는 것처럼 보인다. 선을 "내가 생각하는 나"라고 한다면, 선과 선 사이의 여백이 바로 "내가 생각하는 나보다 큰" 나라고 할 수 있다.

그렇다고 해서 그가 '큰 나'인 여백에만 무게중심을 두고 있다는 뜻은 아니다. "내가 생각하는 나"의 의미를 지닌 '몸'이나 '살'(과 같은 지푸라기들)과 같은 이미지들이 등장하는 대목은 마음을 반개하고 읽을 필요가 있다. 경험에 비추어볼 때, 지푸라기들이 계면조 가락에 넋을 얹어 제 팔자를 뒤척이는 소리가 가슴을 파고드는 게 만만치 않기 때문이다.

> 내 몸을 접어서
> 당신 몸 안에 넣으려고
> 반년을 그렇게 살았습니다   ──「빈 배」

> 2인무를 춤추는
> 너의 눈짓은
> 돌덩이 같은 것도
> 그냥 녹일 수 있지 않니?
> 흘겨보다 빨아들이는
> 감전될 것 같은

> 네 살의 盛饌은   ──「눈짓」

> 處女로 이 세상에 와서

굳은살이 되었어요
사람들이 내 살을 펴가데요
만신창이가 될 즈음
새로 살이 돋아나데요
한 老人이 와서
내 살을 만져보데요   ──「굳은살」

4월 14일
새장에 갇힌 새들은 새장의 창살을 마치 자오선처럼
활용해서 자신을 둘러싼 환경을 관찰하고 자신의 위치를
계산한다. 머지않아 새들은 그 속에서 도와 사랑을 노래
하고, 이 창살에서 저 창살로 여행을 떠난다. 그리고 이
윽고 때가 무르익으면, 그 불변의 창살은 진실과 과학의
기준이 되어 빛나기 시작한다.
갑자기 날개가 진흙 덩어리처럼 묵직하다.
부리 끝이 간지럽다.

4월 19일
케이블 TV에서 속옷 패션쇼 하는 걸 보다가 옛일이
생각나 머리통이 환해졌다. 백화점에서 오리털 파카를
산 어느 일요일이었다. 재봉질한 구멍 사이로 삐져나온
오리털을 보는 순간 나는 문득 김영태 시인이 생각나(그
는 종종 자신을 오리에 비유한다──"개와 싸워 이긴 오리
도 있었다／통쾌했다 내가 힘없는 오리여서일까"〔「이상한
오리 빽빽이」〕) 전화를 걸었다. 차 한잔 마시러 가도 괜
찮겠는지…… 좋지. 나는 식품 코너에서 사과 한 봉지를

사들고 댁으로 갔다. 벨을 누르고 한참 동안 기다리자
문이 삐쭉 열리더니 흰옷 입은 자가 들어오라고 했다.
시인은 당시 레이저 디스크 플레이어가 망가져 수선 의
뢰를 하느라 통화중이었다. 먹통이 돼서 파란색 면만 나
오는 TV 모니터를 배경으로 서 있는 시인의 옷차림을 보
는 순간 나는 눈을 의심했다. 저건 내복이 아닌가! 흰
겨울 내복은 마치 남성용 무용복처럼 눈부셨다.

그는 나 같은 건 아랑곳없이 내복 차림으로 다가와 악
수하고, 식탁에 앉아 능숙한 손놀림으로 사과를 깎고,
이빨이 아파서 공사중이라 음식을 잘 씹을 수 없다고 했
다. 온갖 잡동사니들로 발 디딜 틈이 없는 낡은 18평 아
파트는 곧 재건축될 예정이라고 했다. 아파트와 시인은
서로 살을 섞은 듯 닮아 있었다. 한기가 돌자 시인은 그
제서야 잠옷을 걸쳐 입고 나왔다.

내 머리통을 환하게 한 그 내복 차림의 만남으로 나는
그를 내심 좋아하게 되었다. 이건 고수다, 내가 졌다.
그런 마음이 절로 들었던 것이다. 그 까닭을 굳이 말로
설명하자면 「클림트의 연필화(鉛筆畵) 1」와 같은 시를
예로 드는 것이 좋겠다.

클림트의 線은
女體의 여행
부끄러움과 피곤함
숨막힘과 나른함이 있고
용서받지 못할 아름다움이
그 안에   ——「클림트의 鉛筆畵 1」

이 시는 여백의 맛이 잘 살아 있는 시 중 하나다. 클
림트의 연필화에서 연필 선은 "내가 생각하는 나"를 드
러내는 최소화된 표현이며, 삶 속에서 끊임없이 넘실거
렸을 것으로 짐작되는 여인의 내면은 여백으로 처리되어
있다. 그러나 그 여백에서 시인의 상상력은 "부끄러움과
피곤함/숨막힘과 나른함"을 읽어내고 있다. 육체의 외
곽선만 드러낸 클림프의 그림을 양각화라고 한다면 그
그림의 여백을 상상력으로 도드라지게 형상화시킨 이 시
는 음각화라고 할 수 있다. 그런 관점에서 보면, 그림에
서 존재를 드러내던 선이 시에서 정반대로 "여체(女體)
의 여행," 즉 '여백의 여행'처럼 존재를 가볍게 열어놓
고 있는 모습은 한결 자연스럽다.

> 클림트의 여백은
> 曲線이 벌어진다   ——「클림트의 鉛筆畵 2」

여백은 단순히 빈 공간을 뜻하지 않는다. 말과 침묵,
존재와 부재, 텍스트와 독자, 나와 너가 만날 때 생기는
제3의 공간이 바로 여백이다. 그것은 물리적 공간이 아
니라 수용자의 적극적인 해석을 통해서 재탄생되는 비정
형적인 생성의 공간인 것이다. 따라서 무표정한 빈 공간
과 다르게 여백은 풍부한 표정을 지닌 심리적·미학적
성격을 띠고 있다.

그럼에도 불구하고 나는 한편으로 그를 유미주의적이
고 시구 예술에 경도된(클림트를 아는 조선놈이 몇이나 되

겠는가), 심하게 말하면 겉멋든 예술가로 생각한 적이 있었다. 무용을 소재로 다룬 시들을 읽을 때 특히 그랬다(먹고 살기도 힘든 세상에 춤이라니). 그의 시 중에는 일상적인 소재로 씌어진 뛰어난 시들이 많음에도 불구하고 그런 소재의 특이성이 눈에 더 띄었던 탓이리라. 이는 하고 싶은 말들은 가급적 여백으로 처리하고 현실의 아주 작은 부분만 암시적으로 드러내는 그의 표현법에 기인한 것이기도 하다.

아무튼 그러던 차에 나는 친한 친구 사이에서도 보지 못한 적나라한 인간미, 희디흰 정신의 내복을 보았던 것이다. 여백과 같은 내복 안에, 자유 의지와 집중력과 오만함과 끈기가 그 낡은 몸 안에……

　　사과는 속살이 처녀처럼 단단한
　　짱구라야 맛있는 걸
　　자네가 사온 사과를 보고 대견했다　　　　──「開花」

정작 백화점에서 사과를 산 건 난데, 나는 사과를 소재로 시를 쓰지도 않았을 뿐 아니라 설령 썼다고 하더라도 속살·처녀·짱구와 같은 이미지들을 상상해내지는 못했을 것이다. 그는 스쳐 지나가는 일상을 놓치지 않는 예리한 눈을 가진 시인이다. 그의 시에는 일상이 잘 곰삭아 우러나 있다. 클림트의 연필화에서 "용서받지 못할 아름다움"을 발견하는 것은 당연한 그의 몫이 아닐까. 예술가에게 있어서 예술만큼 소중한 일상이 어디 있겠는가. 이 점에 대해서는 이렇게 말할 수도 있을 것이다.

소년은 어느 날부터
웃음을 잃어버렸다
네가 떠난 후
타일은 변색되었고
샤워 꼭지는 물이 말랐으며
조그만 곤충이
욕조 안에 엎드려 있다   ——「잃어버린 것들의 수첩」

　카프카의 소설 「변신」의 주인공 그레고르 잠자는 어느 날 잠에서 깨어나 자신이 벌레가 되어 있는 것을 발견하고 절망한다. 이 원치 않는 변신을 통해 카프카가 말하고자 하는 바는 현대인의 삶을 일그러뜨리고 있는 보이지 않는 힘, 부조리하게 전개되는 세상의 폭력이다. 그 힘에 눌려 비참해진 자신의 운명에 놀라 저항하며 몸부림치는 그레고르 잠자.
　그러나 시인은 이별의 아픔으로 인해 작아진 자신을 곤충에 비유함으로써 자신이 받게 되는 상실의 무게를 줄여 이겨내는 여유를 보이고 있다. 무엇인가 잃을 수밖에 없다면, 선수치듯 그것을 자기가 먼저 버림으로써 여유를 찾을 수 있다는 교훈은 처용 설화에 나오는 이야기다. 그때 처용이 추는 춤은 현실을 딛고 일어서기 위한 도약이요 새로운 전망이라 할 수 있다. 상처받은 조그만 곤충은 과연 그 욕조 안에서 무엇을 보고 있을까.

　저기, 보이나요?

스물네 명 요정들이
혼자 걸어나오다가 날개를 접고
다시 걷는 사선 무대가
로맨틱 튀튀가 칠하는 저 물감이
날 저물어도 저 물감들, 토의 발자국들
가슴 저미는 안개 속 우산들   ——「망령의 궁전」

　요정이란 인간들이 현실에서 이루지 못하는 꿈을 상상
속의 여성적 상징으로 만든 시적 환상이다. 낭만주의 발
레 작품 속에서 발레리나는 지상의 존재가 아닌 "세상
구정물 밖에서 노니는/백조(白鳥)랑 흑조(黑鳥)"(「헐렁
한 옷을 입고」)같은 영묘한 이미지의 요정이다. 욕조 안
의 곤충처럼 객석에 앉아 있는 시인은 무대 위에서 펼쳐
지고 있는 로맨틱 튀튀를 입은 요정들의 춤을 보며 구정
물 같은 세상사를 잊고 '반근'의 꿈을 되찾아 온전한
'한 근'의 존재가 되는 것이 아닐까. "그 기인의 머릿속
은/춤으로 가득 찼기 때문에 편안합니다"(「빈자리 3」)라
고 말하는 시인은 "내가 만난 공기(空氣)를/어린 딸들에
게 물려주고"(「로마 수첩」) 싶어 예술적 경험들을 시로
다듬어온 것이리라.

4월 21일

　한밤중 잠깨어보니 비가 내리고 있었다. 얼마 만에 들
어보는 빗소리인가. 산불로 만신창이가 된 강원도 산들
도 쓰린 살을 적시고 있으리라. 나무들이 다 타버려 흙
무덤이 되어버린 검은 산들. 생명이 이 우주의 춤이라는

사실을 잊고 지냈구나.

> 아무것도 없는
> 아무것도 남길 게 없는
> 지나온 60년 길 위에
> 눈이 내리다 멎었다
> 白痴처럼 나는
> 그 동안 白紙 위를 걸어왔던가
> 저 사람이 누구지
> 춤추는 눈송이들 곁에
> 제 뼈를
> 걸레로 닦고 있는   ──「길」

　60년 살아온 길이 돌이켜보니 백지에 불과했다고 말하
는 시인. '한 근'의 삶을 통째로 무로 돌려버리는 백치
같은 시인에게 있어 현실은 요모조모 무게를 달고 계산
하고 셈을 치러야 하는 장터에 불과하다. 평생 시를 써
온 시인에게 시인이 된다는 것은 "춤추는 눈송이들 곁
에"서 제기(祭器)를 닦듯 "제 뼈를/걸레로 닦고 있는"
제의적(祭儀的)인 풍경처럼 보인다.
　언젠가 중국집 개화에서 시인과 자장면을 한 그릇 때
리고 나오는 길에 그의 손에 들려 있는 흑단 지팡이(를
그가 짚게 된 배경은 "그 동안 내가 지탱해온/인간을 잃은
탓도 있다"〔「바르셀로나에서 며칠」〕)가 눈에 띄었다. 나는
평소에 그로부터 샤먼의 혼이 닿은 서낭당 나무, 오색
천이 가지 끝에 매달려 바람결에 춤추고 있는 나무의 이

미지를 읽고 있었다. 그런 그가 제 뼈를 다듬고 걸레로
닦아 지팡이 삼아 짚고 있는 게 아닌가! 불편한 다리가
멈칫하는 순간 그의 걸음을 표나지 않게 거들며 내가 그
에게 말했던 것 같다.

    자네가 開花에서 말했지, 내 걸음걸이를 흉내내면서
    걷는 지팡이라고
    너무 멀리 가지는 말라고
    길은 너무 늦어요라고   ——「開花」